ÉTUDE HISTORIQUE

GANELON

PAR

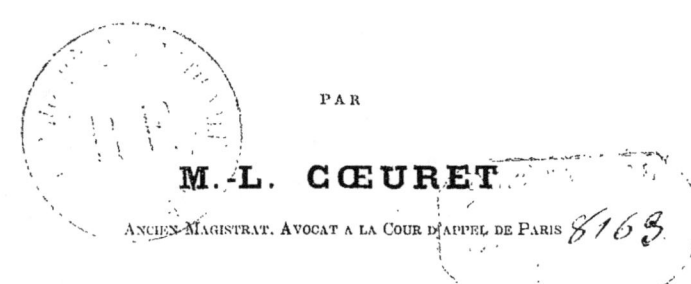

M. L. CŒURET

Ancien Magistrat. Avocat a la Cour d'appel de Paris

EXTRAIT DE *L'INVESTIGATEUR*

JOURNAL DES ÉTUDES HISTORIQUES

N° 5. — Octobre 1874

PARIS

IMPRIMERIE TYPOGRAPHIQUE DE A. POUGIN

13, QUAI VOLTAIRE, 13

—

1874

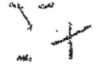

GANELON

D'APRÈS THÉROULDE, DANS SON POËME DE *RONCEVAUX*, ET D'APRÈS

PULCI, DANS SON POËME DU *MORGANT*.

—

ÉTUDE HISTORIQUE ET LITTÉRAIRE.

—

Je me propose de démontrer que tous les commentateurs français du poëme de *Roncevaux* (ou comme on l'appelle aussi, de la *Chanson de Roland*) se sont trompés en proclamant admirable de tout point le caractère que Théroulde attribue dans ce chant épique (1) à Ganelon. S'ils avaient eu l'idée de le rapprocher de celui que le poëte italien Louis Pulci prête au même personnage, dans son poëme *le Morgant*, ils se seraient promptement aperçus qu'ils avaient pris le capitan *Matamore* pour le *Cid*, et un homme dépourvu de bon sens, pour un homme qui ne le perdrait que par moments sous l'influence de la colère.

Ce que les commentateurs de la *Chanson de Roland* ont oublié de faire, je vais le faire pour eux ; je vais extraire de l'excellente

---

(1) Je ne dis pas : de cette épopée ; bien que des écrivains très-distingués aient cru devoir le dire ; car l'épopée, ainsi que paraissent le démontrer *l'Iliade, l'Odyssée, l'Enéide, la Jérusalem délivrée*, est un poëme de longue haleine, où tous les genres de poésie se donnent pour ainsi dire rendez-vous. Le poëme de *Roncevaux*, tel que nous le possédons, est trop court et manque trop de variété pour qu'on puisse, ce me semble, l'appeler une épopée. Si Victor Hugo l'eût voulu, il eût été notre Homère, car il fait vibrer en maître toutes les cordes de la lyre.

traduction en vers blancs, que nous a donnée de ce chant épique M. D'Avril, les passages qui sont de nature à nous fournir une formule brève et nette du caractère de Ganelon, premier du nom ; puis j'extrairai du *Morgant* les passages qui pourront nous dévoiler le caractère de Ganelon *junior*. Le lecteur sera ainsi mis à même de juger sur pièce le procès que je lui soumets.

Au préalable, comme plusieurs des adversaires que je me donne ont prouvé que l'humeur bouillante de leur héros les gagne souvent, et comme ils mettent aisément flamberge au vent, je prends la précaution de leur déclarer que, considéré en bloc, le poëme de *Roncevaux* me paraît très-beau, que je le regarde, ainsi qu'eux, comme le seul poëme français qu'ait animé le souffle épique, que je reconnais avec eux qu'à l'époque où il parut, aucun peuple européen n'avait d'œuvre poétique de ce mérite (1), et enfin qu'il rend la *Henriade* une chose bouffonne. Cela dit, je ne peux m'empêcher de m'écrier : Bon Dieu ! que le rôle de Ganelon est mauvais !

Le poëme de *Roncevaux* s'ouvre ainsi (2) :

Nous sommes en Espagne, à Cordoue, en l'an de grâce 778. Charlemagne a réuni en conseil ses barons pour délibérer sur des propositions de paix que lui a adressées le roi des Maures, Marsile, réduit par l'armée franque à ne plus posséder en Espagne que la cité de Saragosse. — Refusons ces offres, s'écrie Roland, elles cachent un piége. Depuis sept ans que nous sommes en Espagne, Marsile nous a toujours trompés ; il a fait mettre à mort vos deux ambassadeurs, les comtes Bazan et Basile ; puis il ajoute :

> Faites la guerre entreprise par vous,
> Vers Saragosse envoyez votre armée
> Assiégez-la s'il faut toute la vie,
> Et vengez ceux que le félon occit (3).

---

(1) Les Nibelungen datent du commencement du treizième siècle.

(2) Il existe plusieurs manuscrits de ce poëme, mais le meilleur est incontestablement celui de la bibliothèque d'Oxford. C'est celui-là que nous examinons. Les autres, très-postérieurs en date, lui ont fait subir des corrections qui, pour la plupart, sont malheureuses et affadissent singulièrement l'œuvre de Théroulde.

(3) V. page 12, vers 7 et suivants de la traduction de M. D'Avril. — Paris, 1865, in-8, chez Vᵉ Duprat, rue Fontanes, 7.

Assurément, c'est là un discours fort sage, ne contenant aucune parole de nature à blesser ceux qui l'entendent, et cependant Ganelon, second mari de la mère de Roland, se lève brusquement, et marchant vers Charlemagne :

> N'écoutez pas, a-t-il dit, les vauriens (1),
> Ni moi, ni d'autre, hors qu'il vous en profite ;
> Lorsque le roi payen nous fait mander
> Qu'il deviendra votre homme, à deux mains jointes
> Par votre don tiendra toute l'Espagne,
> Et recevra la foi que nous gardons,
> Celui qui dit de rejeter cette offre
> N'a nul souci quelle mort nous mourions ;
> Conseil d'orgueil n'a droit d'être suivi.
> Laissons les fous et tenons-nous aux sages (2).

On le voit, le caractère violent de Ganelon éclate dès ses premières paroles ; mais il s'accentue bien davantage quand, d'après l'avis de Roland, Charlemagne charge le beau-père de celui-ci d'aller à Saragosse chercher le tribut que Marsile a offert. Lorsque Charlemagne lui dit :

> Ganelon, avancez
> Et recevez le bâton et le gant (3) :
> Vous l'entendez, les Français vous choisissent,

Ganelon répond :

> Roland seul a tout fait ;
> Je haïrai Roland toute ma vie,
> Sir Olivier pour être son ami,
> Les Douze Pairs parce qu'ils l'aiment tant,
> Je les défie, ici, tous à vos yeux (4).

Cependant, quand Charlemagne commande, il faut obéir ; or, il vient de tendre son gant à Ganelon.

---

(1) Le mot vauriens signifie ici fanfarons.
(2) D'Avril, p. 12, vers dernier.
(3) *Id.*, p. 18 *in fine*. La remise du gant et du bâton investissait d'une charge ou d'une mission.
(4) D'Avril, p. 19, vers 8 et suivants.

> Mais Ganelon voudrait n'être pas là,
> Il va le prendre, et le gant tombe à terre.
> Les Francs de dire : O Dieu ! qu'est ce présage !
> De cet envoi nous viendra grande perte (1).

Et alors Ganelon pousse l'arrogance jusqu'à faire entendre qu'un projet de trahison est déjà formé dans son cœur ; il s'écrie :

> Vous en aurez avant peu des nouvelles !

Il se met en route, accompagné de Blancardin, ambassadeur de Marsile, et arrête avec ce dernier qu'il trahira Charlemagne et livrera Roland à Marsile.

> Chevauchent tant et Gane et Blançardin
> Que l'un à l'autre ils engagent leur foi ;
> Ils chercheront que Rolland soit occis (2).

Cette convention faite, le bon sens indique qu'admis en la présence de Marsile, Ganelon devra s'acquitter de son ambassade en paroles modérées, car c'est à un futur allié qu'il s'adressera. Eh bien ! l'emportement de son caractère est tel, qu'il lui fait oublier complétement les intérêts de sa vengeance ! Il dit à Marsile :

> Si recevez la sainte loi chrétienne
> Aurez en fief la moitié de l'Espagne ;
> Si ne voulez accepter cet accord
> Vous serez pris de force, mis aux chaînes,
> Au siége d'Aix vous serez amené ;
> Par jugement là-bas vous finirez,
> Vous y mourrez en haine et vilenie (3).

On devine aisément l'effet produit sur Marsile par ce discours.

> Le roi Marsile en fut exaspéré,
> Il tient en main un dard empenné d'or,
> Veut l'en frapper, mais on l'a retenu (4).

---

(1) D'Avril, p. 19, vers 10.
(2) *Id.*, p. 22, vers avant-dernier. — Voir aussi, page 27, le vers 21 :
        De nous servir il m'engagea sa foi.
(3) D'Avril, p. 24, vers 10 et suivants.
(4) *Id.*, *id.*, vers 19.

Quelle attitude Ganelon prend-il en ce moment?

> Gane le voit, met la main à l'épée
> Et de deux doigts la tire du fourreau.
> Puis il lui dit : Vous êtes belle et claire,
> Devant ce roi tant que je vous tiendrai,
> Notre empereur Charles ne dira pas
> Que je meurs seul en pays étranger ;
> Des plus hardis vous prendriez vengeance (1).

Le mouvement est beau mais amené d'une manière bien invraisemblable.

On calme Marsile ; son oncle le calife l'engage à écouter avec calme l'envoyé de Charlemagne. Ganelon recommence sa harangue, à peu près dans les mêmes termes, et annonce à Marsile que s'il ne se convertit pas, après l'avoir promené sur un âne, on lui tranchera la tête. Puis, il ajoute :

> Notre empereur vous écrit cette lettre (2).

Marsile prend connaissance de la missive, qui, d'après le résumé qu'il en donne, serait conçue en termes tout autres que ceux qu'a employés Ganelon. Charlemagne s'y bornerait à demander que l'oncle du roi des Maures lui soit envoyé comme otage. Aussi le fils de Marsile s'écrie-t-il :

> Gane a dit des folies ;
> Il a tant fait, qu'il n'a plus droit de vivre ;
> Livrez-le-moi, j'en ferai bien justice (3).

Marsile se retire, on ne sait pourquoi, dans son verger, où Blancardin va lui dire :

> Appelez le Français,
> De nous servir il m'engagea sa foi (4).

---

(1) D'Avril, p. 24, vers 10 et suiv.
(2) Id., p. 26, vers 14.
(3) Id., p. 27, vers 10.
(4) Id., id., vers 21.

Il est inexplicable que cet avis n'ait pas été donné plus tôt ; inexplicable aussi que Ganelon et Blancardin, ayant conclu ensemble e plan de trahison, n'aient point décidé que le discours à tenir à Marsile serait conçu en termes modérés. Si cette convention eût été faite et portée à la connaissance du lecteur, et si Ganelon l'eût violée, sous l'influence de l'amour de la patrie se réveillant en lui au seul aspect des ennemis de la France, un effet dramatique de la plus grande beauté eût été produit. Mais, faute d'explication du mobile qui inspire à Ganelon sa conduite, le lecteur hésite à la caractériser. Il se dit : Ganelon, d'accord avec Blancardin sur ce point, se propose-t-il, en montrant tant de violence dans l'accomplissement de sa mission, d'éloigner de l'esprit de Charlemagne jusqu'au moindre soupçon qu'il puisse le trahir ? Ou bien Ganelon, se rappelant qu'il a donné lieu à ce monarque de croire qu'il avait peur de la mort, court-il au devant d'elle ? Ne serait-ce pas plutôt que la vue des ennemis de la chrétienté l'exaspère ? Bref, susceptible de plusieurs interprétations, la conduite de Ganelon trouble l'esprit du lecteur. Aussi, transportée au théâtre, cette scène, si quelques mots d'explication ne la préparaient, partagerait les spectateurs en plusieurs camps, et ne pourrait être vivement applaudie, parce qu'il n'y aurait pas unité d'impression dans le public.

Nous avons vu Blancardin prévenir Marsile que Ganelon était des leurs. Le roi des Maures le fait amener devant lui, et le dialogue suivant s'engage entre eux.

> Beau sire Gane, a dit le roi Marsile,
> Je vous ai fait tout à l'heure une offense
> Quand j'ai voulu vous frapper par colère ;
> Je la répare avec ces zibelines
> Qui valent plus de cinq cents livres d'or.
> Gane répond : — Je ne refuse pas ;
> Qu'il plaise à Dieu vous bien récompenser (1) !

Puis il jure sur une relique, enfermée dans la poignée de son

---

(1) D'Avril, p. 28, vers 1er. — Plus tard, Marsile dit à Ganelon :
> Je vous promets
> Dix forts mulets chargés d'or le plus fin.
> Je vous ferai de même tous les ans.

épée, qu'il obtiendra de Charlemagne que ce monarque fasse rentrer son armée en France et en confie à Roland l'arrière-garde, qui sera attaquée traîtreusement par les Sarrasins dans les défilés de Ronce-vaux. Il tient sa parole, et cette attaque a lieu au moment où Char-lemagne, ayant traversé les Pyrénées, va mettre les pieds sur le sol français. Tout à coup ce monarque entend retentir le cor de Roland ; il s'écrie :

> Nos hommes ont bataille !

Et Ganelon répond :

> D'autre que vous, ça paraîtrait mensonge (1).

Le cor résonne une seconde fois.

> J'entends le cor de Roland, dit le roi,
> Il ne corna jamais qu'en combattant.
> Gane répond : Il n'y a pas bataille,
> Vous êtes vieux, et tout à blanc fleuri,
> Par tels discours vous semblez un enfant ;
> Vous connaissez tout l'orgueil de Roland,
> Pour un seul lièvre, il corne tout un jour
> Avec ses Pairs il est à plaisanter.
> Qui, sous le ciel, l'oserait provoquer ?
> Chevauchez donc, pourquoi vous arrêter (2) ?

Le cor retentit une troisième fois.

> L'Empereur dit : le cor a longue haleine !
> Nayme répond : Roland est en détresse.
> Bataille il y a ! Celui-ci qui voulait
> Vous le cacher, il l'a trahi sans doute (3) !

Charlemagne, enfin convaincu de la trahison de Ganelon, le fai arrêter et le confie en garde aux gens de sa cuisine, qui lui font subir les plus cruels tourments. Plus tard, Ganelon est mis en juge-ment et écartelé.

---

(1) D'Avril, p. 90, vers 19.
(2) Id., p. 91, vers 5 et suiv.
(3) Id., p. 92, vers 5 et suiv.

Jusqu'ici Ganelon nous a apparu comme un homme violent jusqu'à la fureur, avide d'argent, jusqu'à la gloutonnerie. Théroulde
tient à nous le montrer comme bon père, bon époux, bon ami, et
susceptible de sentiments élevés et délicats.

Ainsi, lorsque Charlemagne le désigne pour aller comme ambassadeur, Ganelon lui dit :

> Je sais qu'il faut que.j'aille à Saragosse.
> Qui va là-bas ne peut en revenir.
> J'ai cependant épousé votre sœur.
> J'ai d'elle un fils : il n'en est de plus beau !...
> Gardez-le bien, je ne le verrai plus (1) !

Quand plusieurs de ses vassaux lui offrent de l'accompagner, il
leur répond :

> Ne plaise au seigneur Dieu
> Mieux mourir seul qu'avec tant de bons preux (2).

Nous connaissons suffisamment le Ganelon du poëme de Roncevaux. Recherchons maintenant, dans des passages extraits du *Morgant*, quel est le caractère du Ganelon que Pulci a créé.

Voici à quels motifs Pulci attribue, dans son poëme héroï-comi-
que *le Morgant* (3), la trahison de Ganelon :

Celui-ci reprochait un jour à Charlemagne que toutes ses faveurs
allaient chercher Roland, au préjudice de chevaliers qui le valaient
bien, et ajoutait : Au définitif, Roland n'est pas le dieu Mars !
Roland, qui avait entendu cette dernière phrase, s'était rué l'épée
nue sur Ganelon et l'aurait tué si Olivier ne s'y était opposé. Quelque
temps après, Olivier, irrité des mauvais propos que Ganelon tenait

---

(1) D'Avril, p. 18, vers 3 et suiv.

(2) *Id.*, p. 20, vers 11.

(3) Je n'ignore pas que la plupart des littérateurs italiens l'appellent *poëme
épique romanesque*; mais cette dénomination a le tort énorme de ne pas faire
connaître que l'élément comique prédomine en cette épopée, contrairement à
ce qui a lieu pour celles de toutes les nations autres que la nation italienne.
L'obstacle allégué par ces écrivains est celui-ci : On ne saura plus quel nom
donner aux œuvres telles que le *Sceau enlevé*, et les *Dieux bafoués*. Je réponds :
Pourquoi ne pas les appeler héroï-bouffonnes ?

sur son compte, lui donna un soufflet. Pour se venger de Roland et d'Olivier à la fois, Ganelon appelle secrètement les Sarrazins en France. Il cachait si bien son jeu, dit Pulci, que Charlemagne le croyait plus plein de foi que le *Pater noster*.

> *Epiù fedel' parea che il* Pater nostro (1).

Les Sarrazins ayant été battus plusieurs fois, leur roi Marsile demande la paix, et Ganelon est envoyé à Saragosse pour en traiter avec lui. Il part, mais avant de partir, il a été embrasser Roland et Olivier dont il allait préparer la mort. Oh ! l'habile homme, et comme il était né ambassadeur !

Voyez-vous ces deux chevaliers aux riches armures, chevauchant côte à côte sur la route d'Aix à Saragosse ? On est moins frappé de leur bonne tournure que de l'air de finesse qui règne sur leurs traits. L'un de ces personnages est Falseron, ambassadeur de Marsile, et l'autre Ganelon, ambassadeur de Charlemagne. — Tu es bien fin, se dit *in petto* le premier, si je ne te fais pas parler ! — Il te faudra bien de l'adresse, pense le second, si tu me fais dire ce que j'ai intérêt à taire. Falseron, connaissant la haine qui existe entre Roland et son compagnon de voyage, espère amener celui-ci à trahir sa patrie, en lui présentant la possibilité de se venger prochainement de son ennemi.

> *Domando Falseron, più volte,*
> *Ei s'intendea con. Orlando il Marchese ?*
> Etc., etc.

Je traduis littéralement :

> Falseron demanda plusieurs fois à Ganelon
> S'il s'entendait bien avec le marquis Roland ;
> Il croyait déjà tenir son homme par les cheveux,
> Mais étreignait nuage, vent et fumée,
> Car Ganelon veut mener sa marchandise
> Intacte à Saragosse ; aussi répond-il :

---

(1) *Le Morgant*, chant XXIV, stroph. 61.

Ah ! ah ! vous me parlez de Renaud de Montauban.
Et il sautait du Tibre dans l'Arno (1) !

Falseron perd donc son temps et ses peines. Il en sera de même d'un autre madré compère, le roi Marsile. Voyons comment manœuvre ce vieux renard autour de la proie qu'il convoite.

> Quindici miglia fuor della città
> Venne Marsiglio... etc., etc.

Je traduis :

Marsile va au devant de Ganelon jusqu'à quinze milles de Saragosse, avec tout son monde, à qui il fait la leçon que voici : Dès que nous serons près de Ganelon, vous mettrez tous pied à terre. Lui-même descend de cheval à la hâte dès qu'il aperçoit Ganelon, qui, aussi rusé que lui, s'écrie : — Grand Dieu ! que faites-vous là, Marsile ? Vous êtes mon Seigneur et je suis votre esclave ! A vous de commander, à moi de m'incliner ! Et, se précipitant de son cheval, il se prépare à s'agenouiller devant Marsile. Mais celui-ci de lui dire : — Ce ne serait pas convenable ! Ambassadeur de Charlemagne, vous êtes son image !

Et alors Marsile et Ganelon s'embrassent de bonne et sincère amitié.

Quelle excellente scène de comédie cette entrevue des deux fourbes, et quelle finesse dans cette expression : « sincère amitié » ! Qui donc croira que quoi que ce soit de sincère pourra exister entre ces deux roués ?

Ils remontent en selle, et avec une affabilité en apparence curieuse et inquiète, Marsile dit à Ganelon :

— Comment se portent Charlemagne, le duc Nayme, Olivier ? Quelles nouvelles de mon cher Roland ? Voici donc sous mes yeux Ganelon, que j'aime tant ! Ganelon, voici ton cher Blancardin !

---

(1) Le Morgant, chant XXV, stroph. 15 et suiv. — Le texte porte : « de Bachiglione dans l'Arno ». — Bachiglione est une rivière sans nul doute fort peu connue en France. La phrase italienne équivaut à celle-ci : « Il saute de la plaine à la montagne ».

Et, chevauchant, il avait toujours un hameçon et son appât à la bouche.

Quant à Ganelon, il souriait, du coin de l'œil, à Marsile, et accablait Blancardin d'embrassades (1).

Je ne connais, dans la litférature d'aucun peuple, une description de roueries diplomatiques d'un comique aussi achevé, renfermée en si peu de mots.

Jusqu'ici la palme de l'astuce paraît se partager entre Ganelon et Marsile ; ce douteux résultat diminuerait, s'il se prolongeait, l'importance du rôle de Ganelon ; aussi ne tardons-nous pas à voir Pulci faire avouer par Marsile qu'il n'a pu arracher son secret :

> *Quel traditor che le sa tutte quante* (2).

« A ce traître, qui, en fait de ruses, les connaît toutes. . »

Marsile tente donc une autre voie. Il loge Ganelon dans le palais de Blancardin. Blancardin, se dit-il, est lié d'amitié avec Ganelon depuis longtemps, et les épanchements de l'amitié sont parfois compromettants. Vain espoir ! Blancardin n'est pas plus heureux que Marsile.

> *E Biancardin' ch' era con Gan' molto uso*
> *Provato avea... etc., etc,* (3)

« Blancardin, qui avait vécu longtemps dans l'intimité de Ganelon, usa inutilement tous ses fers pour ouvrir les griffes de ce renard et pour lui desserrer les dents. »

Aussi Marsile restait-il confondu ! Il pressentait que sous ce mutisme obstiné de Ganelon se cachait quelque projet frauduleux ; mais lequel ?

Il se résout enfin à vérifier si l'obstacle qu'il rencontre ne provient pas de ce que Ganelon ne veut confier son secret qu'à lui-

---

(1) *Id., id.,* stroph. 19.
(2) *Id., id.,* stroph. 27.
(3) *Le Morgant,* chant XXV, stroph. 51.

même. Il donne donc une grande fête de nuit, et, le lendemain, vers midi, il congédie ses invités.

Perché s'aveva à ballare altra dansa (1).

« Parce qu'il s'agissait de danser une autre danse. »

Resté seul avec Ganelon, il le conduit dans un des jardins de son palais, près d'une claire fontaine, et alors, au milieu d'un paysage enchanteur, sous de frais ombrages, a lieu une sorte d'entrevue de Campio-Formio, entre Ganelon et Marsile, entrevue qu'il est étonnant qu'un de nos grands peintres n'ait point encore songé à reproduire par le pinceau. Deux fourbes solennels, tramant une œuvre monstrueuse, au sein même des merveilles de la nature, au milieu de l'Éden, méritent bien qu'à un prochain jour quelque grand artiste français leur fasse les honneurs d'une de nos expositions de peinture.

Posti à sedere e riguardato un poco
Lauda la fonte, Gan'... etc., etc.

Ils viennent de s'asseoir, et pendant quelques moments promènent leurs regards sur le gracieux paysage qui les entoure. Ganelon loue la fontaine dont les eaux coulent près de lui ; Marsile prend la parole et parle du bon vieux temps, si cher aux vieux amis. Puis il rappelle tous les services qu'il a rendus à Charlemagne, à ce même Charlemagne qui, depuis, a tourné contre lui la pointe de sa lance. — Je te parle en toute confiance, dit-il à Ganelon. Ici se place un admirable coup de pinceau, donné par Pulci au caractère rusé de Ganelon. Ce mot de « confiance » éveille chez Ganelon de la défiance, et

Per veder se Marsiglio si legna
Dà Beffe... etc., etc. (2)

---

(1) *Le Morgant*, chant XXV, stroph. 54. — Il faut lire dans l'original les 86 premières strophes de ce chant XXV ; elles sont merveilleuses d'éclat. Pulci s'y montre aussi bon poëte lyrique, que bon poëte comique. C'est un bien grand écrivain, trop peu connu en France.

(2) *Le Morgant*, chant XXV, stroph. 58.

« Pour voir si c'est sérieusement que Marsile se plaint de Charlemagne, il fixe les yeux sur l'eau limpide de la fontaine et y contrôle les paroles du roi des Maures, par ses gestes et par l'expression de son visage. »

Marsile, devinant son intention, reprend confiance et dit :

— Qu'on ne croie pas mon courage à bout, ni mon trésor ! Vienne Roland à mourir, et Charlemagne aura des comptes à me rendre.

Vienne Roland à mourir ! Voici, s'écrie Pulci, la clef qui ouvrit le cœur de Ganelon. Le traître soupire plusieurs fois, comme s'il voulait soulager sa poitrine d'un poids pesant, puis il dit :

> O savio, astuto tentatore
> Che mi costringi... etc., etc. (1)

« O sage, ô rusé tentateur ! qui me force à découvrir mes complots ; je vois bien que nous sommes deux renards dans un même sac ; tu veux que Roland meure ? Et Olivier aussi ? Tu as ouï parler du soufflet qu'il m'a donné en pleine cour ? Mon affront est écrit dans mon cœur comme sur mon visage. »

Puis, détachant à son homonyme du poëme de Roncevaux une épigramme pour le compte de Pulci (2), il ajoute :

> S'io tel' condussi in Roncisvalle
> Io non ti chiego come Giuda argento (3), etc.

« Si je te l'amène à Roncevaux, je ne te demande pas d'argent, comme Judas. Je ne veux pas qu'on m'appelle traître. Tout est permis à qui se venge d'un affront. »

N'oublions pas d'indiquer le dernier coup de pinceau donné par Pulci au portrait de Ganelon. Il représente Ganelon arrivant dans le palais de Charlemagne, pour lui annoncer la conclusion de la paix,

---

(1) *Le Morgant*, chant XXV, stroph. 58.
(2) Pulci a connu l'œuvre de Théroulde ; nous l'établirons tout à l'heure.
(3) *Le Morgant*, chant XXV, stroph. 63 et 110.

l'engager à rappeler d'Espagne son armée, et à en confier l'arrière-
garde à Roland.

> *Equesto e quell' altro abbraciava,*
> *Par' che venga dà far qualche saut' opra* (1).

« Il embrassait celui-ci et celui-là ; il semble qu'il vienne accomplir une œuvre sainte. »

Quel trait digne de Tacite ! Lui, ce perfide, qui n'arrive à la cour
de Charlemagne que pour arracher à celui-ci un ordre qui coûtera
la vie à vingt mille Français, eh bien ! à voir sa figure radieuse,
il semble qu'il vienne accomplir une œuvre sacrée, une œuvre de
salut et de rédemption !... C'est Judas prenant les traits du Christ.

Du reste, il n'est pas jusqu'à Dieu lui-même que Ganelon n'espère tromper ! Il lui présente comme excellent le raisonnement
suivant :

> *Tante te n'ha fatte omai*
> *Christo, che questa mi perdonnerai* (2).

« Je t'ai joué tant de mauvais tours, ô Christ ! que tu en excuseras
un de plus. »

Nous connaissons maintenant les deux Ganelon. Examinons, au
point de vue de l'art, la valeur du caractère prêté par Théroulde à
son héros.

Il est des hommes qui de leur nature sont dissimulés, et d'autres
francs jusqu'à l'imprudence, jusqu'à l'arrogance. Quand les pre-
miers veulent se venger d'un outrage, ils appellent la ruse et le
guet-apens à leur aide, et, dans le même cas, les seconds font
appel à la force. Il n'est pas impossible cependant qu'un homme
d'un caractère violent ne soit aussi porté à la dissimulation, et qu'il
ne poursuive l'exécution d'un acte de vengeance par la ruse ;
mais c'est là une exception. Théroulde s'est imprudemment placé
dans l'exception, et par là exposé de gaieté de cœur à l'invraisem-

(1) C. XXV, stroph. 111.
(2) *Eod.*, stroph. 67.

blance. Son héros va en quelque sorte se partager en deux ; l'une de ses moitiés attaquera l'autre ; tour à tour arrogant et dissimulé, il détruira ses actes les uns par les autres et, en conséquence, ne pourra être le sujet heureux d'une action dramatique, parce qu'avec lui un drame ne saurait avoir de nœud, et n'aura jamais de motif sérieux de prendre fin. Tout au plus, son caractère bizarre pourra-t-il donner lieu à quelques scènes d'éclat, résultant du choc de contrastes subits ; encore faudra-t-il que ces contrastes soient amenés d'une façon plus ou moins naturelle, sans quoi la réflexion tuera l'effet produit par eux ; nés d'une surprise, ils mourront avec celle-ci.

Relevons les inconséquences qui vicient le rôle du Ganelon de Théroulde, en tant que résultat du caractère hybride que le poëte a donné à ce personnage, formé à doses presque égales de violence et de dissimulation.

Première inconséquence. A peine Ganelon a-t-il conçu l'idée de trahir, qu'il la révèle par cette menace : « Vous en aurez avant peu des nouvelles ! »

Deuxième inconséquence. Il forme le projet de se donner ou de se vendre à Marsile, et à peine est-il en présence de son futur allié qu'il injurie celui-ci.

Troisième inconséquence. Il a l'occasion de réparer sa faute ; il l'aggrave en tenant à Marsile un second discours aussi blessant que le premier, et qui se trouve contredit par la lettre qu'il remet comme venant à l'appui de ce discours.

Quatrième inconséquence. Quand Charlemagne entend pour la première fois résonner le cor de Roland, et s'écrie : « Nos hommes ont bataille », Ganelon, s'arrachant à son rôle de dissimulation et démasquant la haine qu'il a pour Charlemagne, en tant que protecteur de Roland, s'écrie insolemment : « D'autre que vous, ça paraîtrait mensonge ! »

Cinquième inconséquence. Un peu plus tard, comme s'il avait juré de dévoiler à son roi sa trahison et de lui suggérer la pensée de voler au secours de Roland, il lui dit « que ses paroles semblent d'un enfant, et que la vieillesse le prive de son bon sens ». Aussi qu'arrive-t-il ? Il est arrêté et mis aux chaînes, de sorte qu'après avoir, par son emportement de forcené, exposé son plan de trahison à ne point parvenir à la connaissance de Marsile (1), cette fois, placé sous l'empire de la même rage, il fait en sorte que Charlemagne puisse détruire ce plan, en arrivant à temps pour sauver Roland (2).

— Il serait difficile de trouver un conspirateur plus niais.

On me présentera peut-être l'observation suivante. Théroulde n'a point pensé à mélanger le caractère de Ganelon d'emportement et de dissimulation ; l'emportement est naturel à ce traître, et la dissimulation lui est imposée par les événements. Examinez, en effet, sa conduite. Vous avez constaté son amour extrême pour sa femme, son affection pour son fils et ses vassaux ; une révolte ouverte contre Charlemagne l'obligerait à s'expatrier, par suite à se séparer d'eux, peut-être pour toute la vie ; il se sent donc obligé de recourir à la ruse ; il accepte l'ambassade qui lui est imposée.

Il a encore recours à la ruse, mais toujours contraint et forcé, quand, pour s'excuser auprès de Charlemagne de ne pas lui amener le calife, frère de Marsile, comme otage, ainsi que le roi des Franks l'avait demandé, il invente une très-invraisemblable tempête, où ce calife et trois cent mille Sarrasins sont morts. Il faut bien qu'il détourne de l'esprit de Charlemagne le soupçon que si Marsile ne lui met pas son frère entre les mains, c'est parce qu'il se propose de rompre bientôt la paix qu'il vient de conclure.

Si, quand Charlemagne entend à trois reprises le cor de Roland et s'écrie : « Nos gens ont bataille ! » Ganelon lui affirme le con-

---

(1) Étant donnés les antécédents de Marsile, il n'y a aucun motif pour qu'il ne fasse pas tuer Ganelon immédiatement après que celui-ci a parlé avec tant d'arrogance ; de sorte que si le Ganelon de Pulci ne doit le triomphe de sa vengeance qu'à lui-même, le Ganelon de Théroulde doit le succès de la sienne au hasard.

(2) Notez que, Ganelon n'étant pas un personnage historique, Théroulde pouvait lui donner tel caractère qu'il eût voulu. Comme l'a dit excellemment M. Gaston Boissier (*Revue des Deux-Mondes*, 15 février 1867), les personnages de Théroulde se ressemblent tous. Ce ne sont pas des individus différents, ce sont des degrés divers du même caractère ; il eût introduit de la variété dans son poëme en faisant de Ganelon le type de la ruse.

traire, il est contraint de le faire par l'urgence qu'il y a d'empêcher Charlemagne de rebrousser chemin assez tôt pour pouvoir arriver à Roncevaux avant que Roland ait succombé. Sauf dans ces trois circonstances, Ganelon n'a point recours à la dissimulation, et il n'y a recours alors que parce qu'elles l'y obligent ; son caractère n'est donc ni exceptionnel, ni compliqué. Théroulde a voulu nous mettre sous les yeux un homme violent, contraint d'employer la ruse par les événements, et que son caractère emporté oblige à renverser les projets qu'il a édifiés à grande peine. Est-ce qu'un homme de ce caractère ne peut pas être mêlé aux événements les plus sérieux de la vie, et par conséquent être le sujet d'un drame comme d'une comédie ?

Je réponds : ce caractère est trop voisin du ridicule pour prendre place dans une œuvre grave ; tout au plus y serait-il tolérable dans un personnage secondaire ; or, le Ganelon de Théroulde est la cheville ouvrière du poëme de Roncevaux. Homère chante la colère d'Achille, mais il se garde bien de donner à son héros un caractère indécis ; il le fait le type de l'homme violent ; quant au rôle de l'homme rusé, il le confie à Ulysse. Au surplus, le Ganelon de Théroulde n'est pas seulement en proie aux inconséquences résultant de la lutte que se livrent en son âme la colère et la dissimulation, il en montre à nos yeux qui sont tout à fait étrangères à cette lutte.

Voici une seconde série d'inconséquences, qui n'a aucun rapport avec la première.

Première inconséquence : Ganelon nous est représenté comme un homme belliqueux, et cependant, quand il est choisi par Charlemagne pour aller traiter de la paix avec Marsile, que constate Théroulde ? « Le comte Ganelon en eut beaucoup d'angoisses. » Quel discours honteux il lui fait tenir ! Nous l'avons déjà cité ; mais il convient de le reproduire ici :

Qui va là-bas ne peut en revenir.
J'ai cependant épousé votre sœur ;
J'ai d'elle un fils ; il n'en est de plus beau !
Gardez-le bien, je ne le verrai plus.

Que lui répond Charlemagne ? Cette parole mordante :

En vérité, votre cœur est trop tendre (1).

Mais Ganelon reste insensible à cette raillerie qui eût dû le rappeler au sentiment de l'honneur, et dit :

Je haïrai Roland toute la vie (2).

Notez que cette mission qui l'effraye tant a été sollicitée ardem-
ment par le duc Nayme, Roland, Olivier et l'archevêque Turpin.

Autre inconséquence de ce personnage par trop bizarre. Il ne
craint la mort, cela est évident, que parce qu'elle le séparera de ces
êtres chéris, sa femme, son fils, ses frères d'armes ; mais, en appe-
lant en champ clos les douze pairs de France, est-ce qu'il ne s'expose pas à une mort bien plus probable que celle qu'il croit voir
l'attendant aux portes de Saragosse ?

Nouvelle inconséquence. Il a des sentiments délicats : ainsi nous
l'avons vu refuser à plusieurs de ses vassaux l'autorisation de l'accompagner, parce qu'il ne veut pas que leur dévouement les expose
à perdre la vie ; et cependant, comme Judas, il reçoit le prix du
sang !

Enfin, inconséquence suprême et sans excuse possible. Puisqu'il a
conseillé d'accepter les offres de paix faites par Marsile, quelle ombre
de raison a-t-il de croire que ce roi fera tuer l'ambassadeur qui ira
traiter de cette paix avec lui ?

D'autre part, est-ce qu'il est croyable, est-ce qu'il est possible
que le fier, l'irritable, le fougueux Ganelon, puisse survivre à l'igno-
minie que lui a infligée Charlemagne en le livrant comme jouet à
ses valets de cuisine, lesquels ont épilé sa barbe, ses moustaches,
l'ont frappé du poing, battu de verges, enchaîné comme un ours et
promené, un collier au cou, sur une bête de somme ? Et, cependant,
non-seulement Ganelon survit à cette honte, mais quand, plus tard,

---

(1) D'Avril, p. 18, vers 10.
(2) Id., p. 18, vers 15.

mis en jugement, il comparaît devant Charlemagne, il n'adresse aucun reproche à ce monarque, il ne se plaint pas à ses juges de l'infâme traitement qu'il a subi !

Et c'est ce caractère plein de contradictions, devant lequel les commentateurs français de Théroulde se tiennent en adoration depuis tantôt un demi-siècle, et qui leur paraît plus beau que celui d'Achille ! Il est permis de s'en émerveiller. Certainement, il entre, dans une si étrange appréciation, de la passion d'antiquaire : à la moindre médaille qui est retirée des entrailles de la terre, l'antiquaire jette des cris d'admiration. Or, c'est à un oubli de quatre à cinq siècles que nos savants ont arraché la *Chanson de Roland* (1).

Une autre passion, qui ferme bien des yeux sur le défaut capital du rôle de Ganelon, c'est l'humeur batailleuse que nous autres Français avons tous plus ou moins, et que Ganelon étale en tout son lustre. Beaucoup de lecteurs, presque tous, en voyant ce traître, non content d'appeler en champ clos les douze pairs de France, tirer l'épée contre une armée entière, s'écrient que cela est français ! que cela est beau ! tandis qu'ils devraient dire que cela est fou !... Hélas ! où notre rage martiale nous a-t-elle menés !

Une preuve, sans doute surabondante, que je puis donner de la défectuosité du caractère attribué par l'auteur du poëme de Roncevaux à son Ganelon, est celle-ci : Tous les romanciers qui, postérieurement à Théroulde et avant Pulci, se sont emparés du personnage de Ganelon, ont cessé de faire de celui-ci un foudre de guerre (2), ont diminué son emportement et accru sa dissimula-

---

(1) Écrite vers le milieu du onzième siècle, la *Chanson de Roland* a joui de la célébrité pendant deux ou trois siècles, puis est tombée dans un si profond oubli, qu'au commencement du siècle actuel nos plus fameux écrivains en ignoraient l'existence.

(2) Bien plus, l'un d'eux lui impute un acte insigne de lâcheté. Je veux parler du poëte inconnu qui s'est fait le collaborateur de Théroulde vers le milieu du quatorzième siècle, et dont le manuscrit, daté de 1340, se trouve à la bibliothèque de Venise. A la fin du poëme, nous voyons Ganelon, admis à prouver son innocence par la voie des armes, s'éloigner du champ de bataille à bride abattue.

> *Quantum mutatus ab illo*
> *Hectore...* etc.

tion. D'où je conclus que le peuple, qui, à l'époque où écrivait Théroulde, était et resta longtemps le juge suprême de nos rares œuvres
de poésie, n'a pas adopté la création de ce type du traître ; il se
sera dit en son gros bon sens : Un projet mal conduit ne doit pas
réussir ; une œuvre de fourberie ne peut être menée à bien par un
furieux. Et les poëtes ont adopté cette nouvelle conception du
traître : un homme à peu près incapable de nobles sentiments, et
en qui la fourberie est personnifiée ; conception que Pulci a si complétement réalisée que son Ganelon n'est pas inférieur de beaucoup
à notre Tartuffe.

N'oublions pas qu'il est évident que Pulci a eu sous les yeux une
copie du poëme de Théroulde (1) quand il composa le sien. En
effet, les grandes lignes des deux œuvres sont les mêmes; beaucoup
de détails, les mêmes ; les noms des acteurs mis en scène, y com-
pris ceux des simples comparses, les mêmes ; jusqu'à certaines
phrases, les mêmes. D'où vient cependant que, quand l'aimable
poëte italien conserve à Roland, à Olivier, à l'archevêque Turpin, le
caractère que leur a donné Théroulde, il change du tout au tout
celui de Ganelon ? C'est évidemment, qu'artiste très-fin et d'autant
de jugement que d'esprit, il a senti que ce caractère blessait les
règles de l'art (2).

Terminons en faisant remarquer qu'au point de vue moral le
Ganelon de Théroulde est aussi inférieur à celui de Pulci qu'au
point de vue artistique. En effet, Théroulde a beau s'écrier à la fin
de son poëme :

Il ne faut pas que les traîtres se vantent (3),

---

(1) Et une des copies les plus exactes qui aient existé, probablement celle
qui se trouve à la bibliothèque d'Oxford. Quant à celle de Venise, il n'en tient
aucun compte et a grandement raison. Qu'on se figure une tragédie de Cor-
neille revisée et corrigée par Scribe, et l'on aura une idée assez juste du manuscrit de Venise.

(2) Il n'y a rien d'étonnant à ce qu'un poëme primitif pèche par moments
contre l'art ; le début de Théroulde fut un coup de maître. Quand il ouvrit
Os magna soniturum, les Italiens n'en étaient pas encore au balbutiement de
la chanson de Ciullio d'Alcamo : *l'Amante et la Madonna.*

(3) D'Avril, p. 201, vers 9.

il est évident qu'il est épris d'admiration pour son héros. Voyez-vous, dit-il, les poses majestueuses qu'il prend ! Qu'il est beau ! qu'il est grand ! Et Ganelon de se rengorger et de faire la roue.

Considérons au contraire le Ganelon de Pulci. Quel coquin modeste ! Il ne réclame pas de nous un seul gramme d'estime. Parce qu'il est un grand scélérat, il ne se croit pas nécessairement un grand homme. Voyez en quels termes il parle de lui :

Mort' io, morta una mosca in Puglia.

« Moi mort, c'est une mouche de moins dans la Pouille. »

Au contraire, le Ganelon de Théroulde réclame un monument funèbre, sur lequel on lira :

Il fut bon père, bon époux, et vaillant chevalier.

Eh bien, non ! point d'épitaphe à un pareil homme, ou bien celle-ci :

Ci-gît un traître (1).

L. CŒURET,
Membre de la 3ᵉ classe.

_____

(1) Théroulde et Pulci ont commis une faute contre l'art en faisant mourir Ganelon après qu'il a eu la joie de savoir Roland mort ; il convenait qu'avant d'expirer, il eût des doutes sur le succès de sa vengeance.

www.ingramcontent.com/pod-product-compliance
Lightning Source LLC
Chambersburg PA
CBHW061736180626
46818CB00006B/2653